「這個……山下同學，
　你不會說自己的名字嗎？
　唉，你也幫幫忙……」

那個男生是山下同學，
　一年級的時候，坐在我的隔壁。

現在我們已經升到六年級了。
山下同學
在學校還是一句話也不說。
明明是不肯說話的人，
上課的時候，
卻很愛搗蛋。

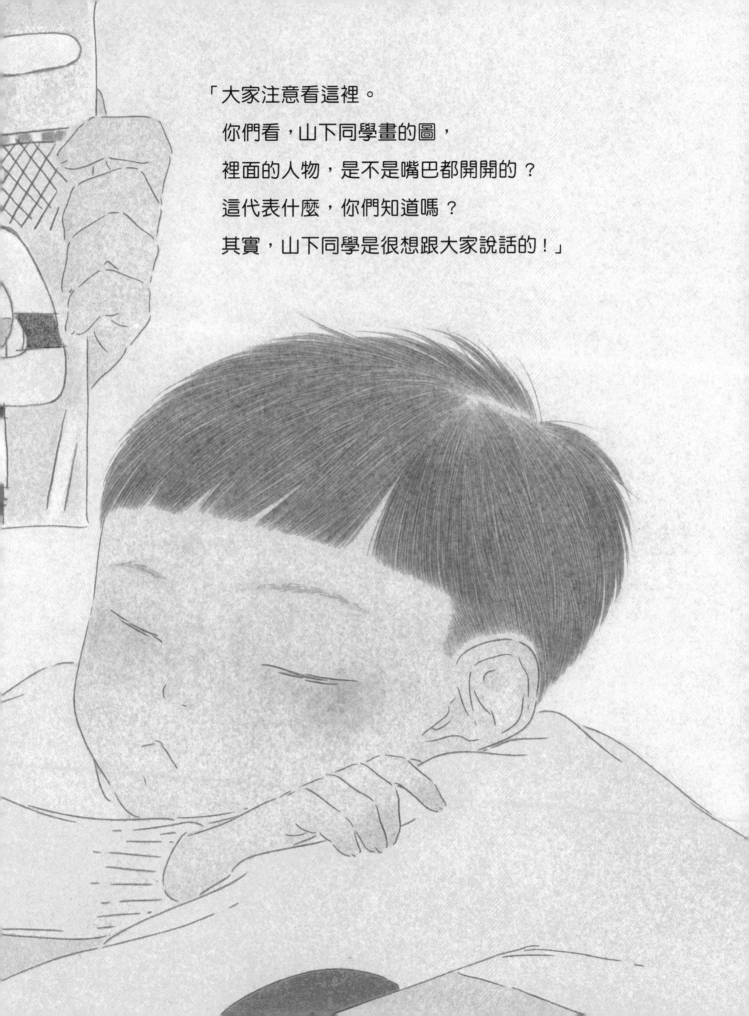

「大家注意看這裡。
你們看，山下同學畫的圖，
裡面的人物，是不是嘴巴都開開的？
這代表什麼，你們知道嗎？
其實，山下同學是很想跟大家說話的！」

「別吵！你們這群，安靜！要跟山下同學看齊！」
「老師，山下同學根本不會說話，要我們向他看齊，太奇怪了！」

「山下，你忘了帶課本！
　好吧，讓隔壁的高橋借你看。」

「哇啊，好親熱喔，呼～呼～」

「咦，那個男生，不就是你們班的⋯⋯」

「山下，這次的家長參觀日，
　每位同學都要朗讀自己寫的、
　有關家人的作文，你可以嗎？」

啊......

「很好，注意，下一位，山下。」

我的爸爸　山下賢二

我的爸爸動不動就說笑話。
還會常常放屁。

不久前，
也是一面放屁，一面開玩笑。
我很懷疑我爸爸
到底是不是大人？

但他對人總是很溫柔。
我每天和爸爸一起泡澡。
泡澡時，爸爸問我很多事
我會跟爸爸說學校的事，
或是一些不可思議的事。

我長大以後，
也要跟爸爸一起泡澡。

「好酷啊，終於聽到山下說話的聲音啦！」

「那真的是山下的聲音嗎？
　該不會是他哥哥的聲音吧？」

「原來山下的聲音
　聽起來是那樣的啊～」

「作文朗讀，你表現得很棒。
　畢業典禮就快到了……」

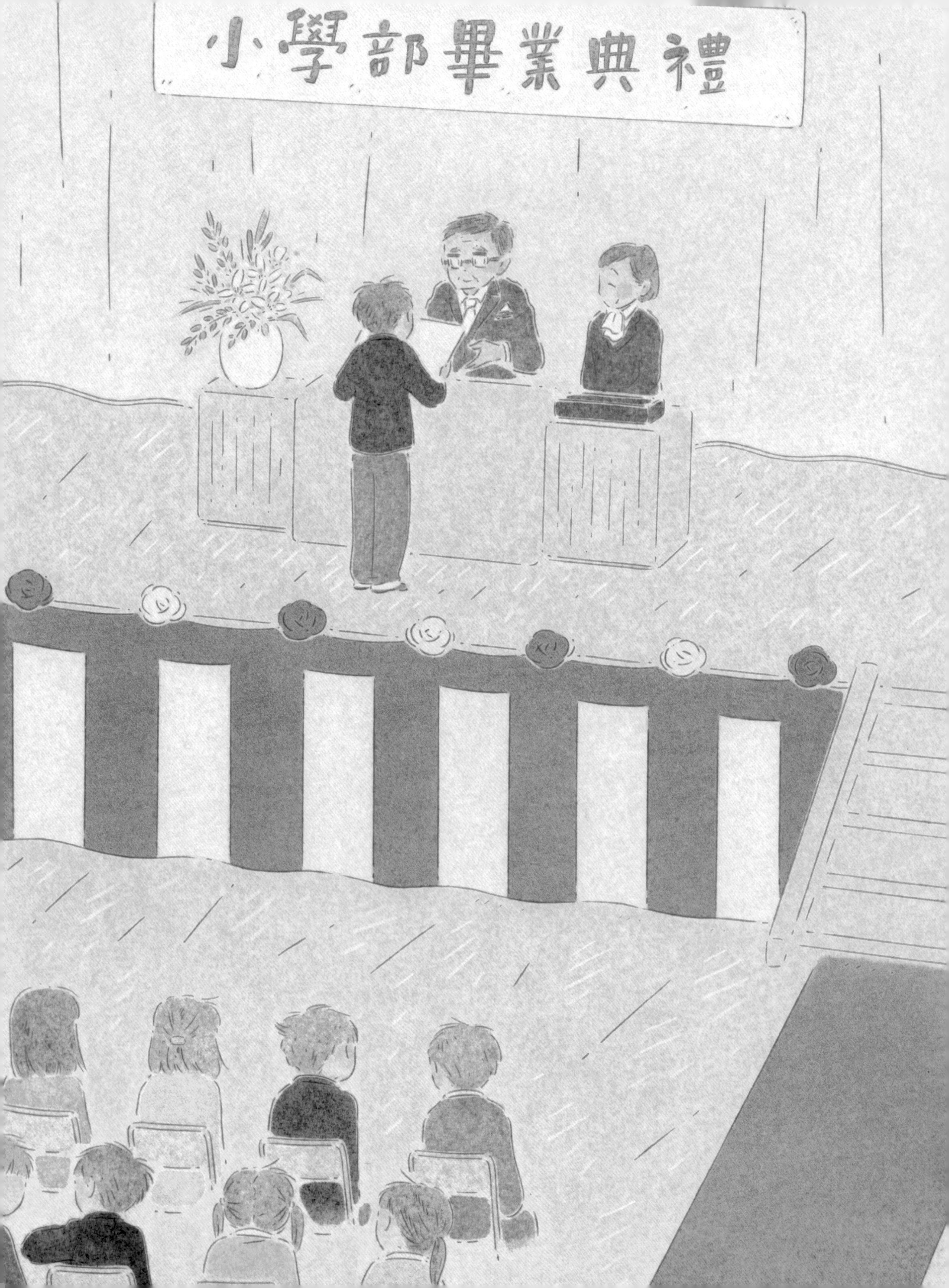
小學部畢業典禮

「結果，到畢業的最後一刻，你還是都沒開口說話呀。」

原來校長沒聽到啊……

畢業典禮那天，
山下同學好像有回應校長，
用沒人聽見的細小聲音。

作者 **山下賢二**

1972 年日本京都出生。2004 年創立獨立書店「Gake（崖）書房」。
2015 年 4 月 1 日「Gake（崖）書房」搬離舊址，重新開幕更名為 HoHoHo
座（ホホホ座）。 著有《Gake 書房的時代》（夏葉社），編著《我開辦咖
啡店的那天》（小學館）。

畫家 **中田郁美**

1982 年日本埼玉縣出生。主要以日本和臺灣為根據地，開畫展發表作品。
2013 年開始創作漫畫，2017 年出版《我不太知道海鷗的事》（角川）。
藝術集團「畫賊」的成員之一。

譯者 **游珮芸**

畢業於臺大外文系，日本國立御茶水女子大學人文科學博士。
任教於臺東大學兒童文學研究所，現任所長。致力於兒童文學、文化的研
究與教學，並從事文學作品的翻譯與評論。譯有逾百本童書。採訪撰稿《曹
俊彥的私房畫》，獲得 2013 年金鼎獎兒童青少年圖書獎。詩文攝影《我聽
見日出的聲音》。與旅美畫家呂游銘合著《貓畫貓話套書》（步步出版）。

這樣的孩子，惹人厭嗎？

文／游珮芸（臺東大學兒童文學研究所所長）

《山下同學不說話》是故事作者本人、山下賢二童年的真實經歷。

山下賢二何許人也？喜歡到日本旅遊的文青或是愛書人，可能都聽過京都一家傳說級的獨立書店——「Gake（崖）書房」：亂石堆砌的外牆仿似懸崖，一臺迷你寶馬的前半段車身，突出在牆外，「名符其實」懸掛在崖上。不只書店的外貌吸睛，內部的陳設與選書，也別具主人的風格。這間成立於 2004 年的書店，2015 年搬家了。重新開幕後，更名為 HoHoHo 座（ホホホ座）。HoHoHo 擬似日語的一種笑聲，加上「座」字，有一種劇場感，完全不是傳統書店會取的名號。總之，這位山下賢二，可說是個性派、創意十足又特立獨行的人物。

山下賢二在他自傳式的散文作品《Gake 書房的時代》中，有一篇描寫他童年時期不說話的文章；這段過往，新銳畫家中田郁美將它改編為繪本。實際的事件發生在幼稚園入園的那一天，老師要每位小朋友說出自己的名字，三歲的山下因為是一號，第一個被問到。山下從來沒有自我介紹過，又有點害羞，一時語塞，老師更加催促他；讓山下更加緊閉雙唇。從那一天起，山下在「家裡之外」，就不再開口說話了，一直到他小學畢業。他自己意識到上國中之後，可能不說話行不通，才主動說話了。散文中也提到，學校老師與他的父母如何動之以情、曉之以理，希望他能在學校開口說話，母親也陪他去「諮商治療」，但執拗的他依舊堅持貫徹自己的「原則」。

　　精神醫學上有種「選擇性緘默症」，是一種社交焦慮症，患者可以正常說話，但在特定情境下，即使想說話，也發不出聲音、說不出口。不過，山下賢二的狀況，以他自己所言，是他自身的選擇。不論事實如何，如果有個小朋友，在學校、在班上，絕對不開口說話，夠讓老師頭痛了吧？會不會也惹同學們討厭呢？

　　繪本《山下同學不說話》中，設定了一位和山下賢二小學同班六年的女同學，以小女孩的視角，來觀看、敘說班上這位「奇怪的男生」。因為敘述者是同儕，且是一位個性溫和的女孩，所以幫讀者與主角之間，拉開一些距離，保持旁觀者的「客觀」與「清明」。這種敘事策略下，我們無法進入山下的「內心」世界，但卻可以看到周遭的反應。繪本中，老師們是包容的，同學們也是友善的，沒有壞心眼的霸凌。面對「奇怪的孩子」，周邊的人該如何反應？如何相處？如何接納多元？或許是讀了這本繪本，大小讀者可以一起討論的議題。

　　本書繪者中田郁美是經常在臺灣的畫廊展出作品的畫家。她以細緻的鉛筆線條，精準的勾勒出人物的輪廓，再著以淡彩。耐心工筆的絲絲髮線與擅長捕捉孩童「不可愛」的表情，是她獨具的風格。在她細緻秀雅的筆下，孩童雖仍有緋紅的雙頰，但不再只是大人眼中「可愛」、「討喜」、「純真」的模樣，或捉狹、皺眉、委屈、欲言又止、狐疑、訕笑、驚訝、害羞、嫌惡、不屑……，以各種神情呈現孩童複雜的內心狀態。

　　封面的山下同學的表情，就令人忍不住多看一眼。這孩子在想什麼？想哭是嗎？緊緊抿著的嘴唇，控訴著什麼的雙眼……。你願意理解、擁抱這樣的孩子嗎？不是笑臉迎人，而是側身疏離的孩子？當狀況有些複雜，是不是可以不急著下定論？當一個孩子難以規訓，納入常規秩序時，是不是有可能多一點等待與包容呢？

山下同學不説話

文　山下賢二
圖　中田郁美
譯　游珮芸
美術設計　劉蔚君

執行長暨總編輯　馮季眉
編輯總監　高明美
副總編輯　周彥彤
印務經理　黃禮賢

社長　郭重興
發行人暨出版總監　曾大福
出版　步步出版
發行　遠足文化事業股份有限公司
地址　231 新北市新店區民權路 108-2 號 9 樓
電話　02-2218-1417
傳真　02-8667-1065
Email　service@bookrep.com.tw
客服專線　0800-221-029

法律顧問　華洋國際專利商標事務所 蘇文生律師
印刷　凱林彩印股份有限公司
初版　2020 年 4 月
定價　320 元

書號　1BSI1060
ISBN　978-957-9380-54-6

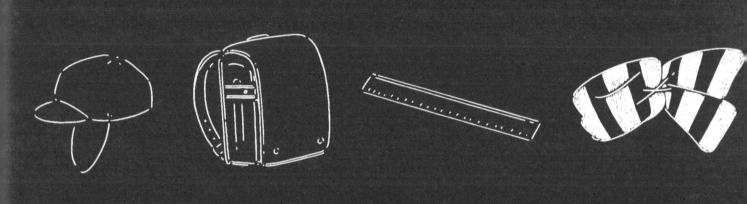